MANOLO

Ramón de la Cruz

EL TÍO MATUTE, *tabernero de Lavapiés, marido de LA TÍA CHIRIPA.*

LA TÍA CHIRIPA, *castañera.*

LA REMILGADA, *hija del TÍO, amante de MEDIODIENTE.*

MANOLO, *hijo de la TÍA, amante pasado de LA POTAJERA.*

LA POTAJERA, *enamorada, en ausencia de MANOLO, de MEDIODIENTE.*

MEDIODIENTE, *amante de la REMILGADA.*

SABASTIÁN, *esterero, confidente de todos.*

Comparsas de verduleras, aguadores, pillos y muchachos.

La escena es en Madrid, y en medio de la calle ancha de Lavapiés, para que la vea todo el mundo.

Escena I

Después de la estrepitosa abertura de timbales y clarines se levanta el telón y aparece el teatro de calle pública, con magnífica portada de taberna y su cortina apabellonada de un lado, y del otro tres o cuatro puestos de verduras y frutas, con sus respectivas mujeres. La TÍA CHIRIPA estará a la puerta de la taberna con su puesto de castañas y SABASTIÁN haciendo soguilla a la punta del tablado. En el fondo de la taberna suena la gaita gallega un rato y luego salen, dándose de cachetes, MEDIODIENTE y otro tuno, que huye luego que salen el TÍO MATUTE con el garrote, y comparsa de aguadores.

MEDIODIENTE O te he de echar las tripas por la boca
o hemos de ver quien tiene la peseta.

SABASTIÁN Aguarda, Mediodiente.

TÍA
CHIRIPA Pues ¿qué es esto?
¿Cómo no miran quién está a la puerta
de la taberna y salen con más modo,
y no que por un tris no van la mesa
y las castañas con dos mil demonios?

MEDIODIENTE Los héroes como yo, cuando pelean,
no reparan en mesas ni en castañas.

TÍA
CHIRIPA Yo te aseguro...

SABASTIÁN Moderaos, princesa,
pues, si no me equivoco, el tío Matute
con su gente y sus armas ya se acerca,

Escena II

TÍO MATUTE, **su comparsa y los dichos.**

TÍO MATUTE	Escuadrón de valientes parroquianos: ya veis que la opinión de mi taberna está pendiente; nadie los perdone y cada cual les dé con lo que pueda.
MEDIODIENTE	¡Aguárdate, cobarde!
TÍO MATUTE	No le sigas, y date tú a prisión.
MEDIODIENTE	Pues ¿qué más prueba queréis, si el otro huye y yo me quedo, de que él os hizo noche la peseta?
TÍO MATUTE	Tengas o no la culpa, pues te pillo, tú, Mediodiente, pagarás la pena, porque la fama, que hasta aquí habrá roto más de catorce pares de trompetas por ese Lavapiés, preconizando mis medidas, mi vino y mi conciencia, no ha de decir jamás que hubo en mi casa un hurto que importase una lenteja. ¿Se ha de decir que hurtaron cuatro reales en una que es acaso la primera tertulia de la corte, donde acuden sujetos de naciones tan diversas y tantos petimetres con vestidos de mil colores y galón de seda? Aquí donde, arrimados los bastones y plumas que autorizan las traseras

de los coches, es todo confianza,
¿se ha de decir que hay quien faltó a ella?
Aquí, donde compiten los talentos
dempués de deletreada la *Gaceta*,
y de cada cuartillo se producen
diluvios de conceptos y de lenguas.
Aquí, donde las honras de las casas,
mientras yo mido, los criados pesan,
de suerte que, a no ser por mí y por ellos,
muchas cosas quizá no se supieran.
¿Aquí ha de haber quien robe? ¡Rabio de ira!
¿Que se emborrachen? ¡Vaya enhorabuena!;
que a eso vienen aquí las gentes de honra,
pero ¿quién será aquel, *dempués* que beba,
que hurte, juegue, murmure ni maldiga
en el bajo salón de mi taberna?

MEDIODIENTE   Matute, ¿qué apostáis *c'agarro* un canto,
y os parto por en medio la mollera?

TÍO
MATUTE   ¿Yo amenazado?

MEDIODIENTE   ¿Yo ladrón?

TÍA
CHIRIPA   Esposo,
déjale con mil diablos.

TÍO
MATUTE   No pretendas
que deje sin castigo su amenaza.

TÍA
CHIRIPA   ¡Ay, señor, que amenaza tu cabeza,
y conforme te puede dar en duro,
también te puede dar donde te duela!

TÍO
MATUTE   Tú dices bien. ¡Ah, cuánto en ocasiones
las mujeres prudentes aprovechan!

SABASTIÁN ¡Templanza heroica!

MEDIODIENTE ¡Formidable aspecto!

REMILGADA **y los dichos.**

REMILGADA La llave me entregad de la bodega,
que el jarro se acabó del vino tinto.

TÍO
MATUTE Yo tengo capitanes de *esperencia*
y de robusta espalda que manejan
mejor los cubos y subirle puedan.

TÍA
CHIRIPA Para esta expedición fuera más útil
que no faltase tu persona excelsa,
no equivoquen el vino veterano;
pues el que ayer llegó de Valdepeñas
aún está moro y fuera picardía
consentir que cristianos le bebieran.

TÍO
MATUTE ¡Qué discreción! Ven, pues, porque al momento
la llave saques y el candil enciendas.

Escena IV

REMILGADA, MEDIODIENTE, SABASTIÁN **y las verduleras.**

MEDIODIENTE ¿Es posible, divina Remilgada,
que siquiera la vista no me vuelvas?
¿Y la fe que juraste a Mediodiente?

REMILGADA Yo no me hablo con gente sin vergüenza;
ni yo, por *medio diente* más o menos,
he de exponer mi aquel a malaslenguas,
no teniendo otra cosa más de sobra
que los dientes enteros y las muelas.

MEDIODIENTE Ya te entiendo y te juro, dueño mío,
que nunca he vuelto a ver la Potajera,
dende la noche que la di la tunda
por darte a ti *sastifación...*

REMILGADA No mientas;
que yo el día te vi de los *Defuntos*
ir *cacia* el *hespital* junto con ella.

MEDIODIENTE No viste tal...

REMILGADA Sí vi...

(Dentro suenan unos cencerros.)

MEDIODIENTE Pero ¿qué salva
de armonía bestial el aire llena?

SABASTIÁN Esto es, señor, sin duda, que Manolo,

aquel de quien han sido las *probezas*
en *Madril* tan notorias, aquel joven
que, *aluno* de las mañas y la escuela
del *ensine* Zambullo, dio al maestro
tanto que hacer, en el mesón se apea
dempués de concluir las diez campañas
en que la África vio; pues su soberbia,
no cabiendo del mundo en la una parte
repartió entre las dos su corpulencia.

MEDIODIENTE ¿No es éste el hijo de la tía Chiripa,
      tu *madrasta*, y el que en los *patos* entra
      de que ha de ser tu esposo, pues tu padre,
      el tío Matute, se casó con ella?

REMILGADA El mismo es.

MEDIODIENTE ¡Pues reniego de tu casta!
      ¿Para qué me *dijites*, embustera,
      que me querías? ¿Éste era el motivo
      de estar conmigo por las noches seria
      y de darme sisados los cuartillos?
      ¡Oh, santos Dioses! Yo te juro, ¡ah perra!,
      que has de ver de los dos cuál es más hombre,
      en medio del Campillo de Manuela,
      de *naaja* a *naaja* o puño a puño,
      y le tengo de echar las tripas *juera*.

REMILGADA No te *inrrites*, señor. ¡Destino *alverso*,
      suspende tus furiosas influencias!
      ¿Casarme con Manolo yo? ¡Y qué poco!
      Primero me cortara la *caeza*.

MEDIODIENTE ¿Serás firme?

REMILGADA Testigo el espartero.
      ¡Así lo fueras tú!

MEDIODIENTE   Si te hago ofensa
              y falto a mi palabra, que me falten
              el vino y el tabaco, la moneda
              en el juego...

REMILGADA   No más, mi bien, que bastan
              los juramentos para que te crea.
              Queda en paz.

MEDIODIENTE   Vete en paz.

REMILGADA   Sólo te encargo
              que no vuelvas a ver la Potajera.

MEDIODIENTE   ¡Ay, que viene Manolo!

REMILGADA   ¡Ay, que eres tuno!

LOS DOS   ¡Cielos, dadme favor o resistencia!

Escena V

MEDIODIENTE, SABASTIÁN **y las verduleras.**

MEDIODIENTE **(Con interés. Aparte.)**
Cuidado, Sabastián, con el secreto.

SABASTIÁN Soy quien soy; soy tu amigo, ve, sosiega,
y tus cosas dispón, pues esto *naide*
lo sabe sino yo y las verduleras.
 (Vase MEDIODIENTE.)
¡Oh, amor! Cuando en dos almas te introduces,
y más cuando son almas como éstas,
¡qué heroicos pensamientos las sugieres,
y con qué *heroicidá* los desempeñan!
Pero Manolo viene; ¡santos cielos!
Aquí del interés de la tragedia;
y porque nunca la ilusión se trunque,
influya Apolo la unidad, centena,
el millar, el millón y, si es preciso,
toda la tabla de contar entera.

MANOLO, de tuno, con capita corta y montera, y la posible comparsa de pillos, y SABASTIÁN.

MANOLO   Ya estamos en *Madril,* y en nuestro barrio,
y aquí nos honrará con su presencia
mi madre, que, si no es una real moza,
por lo menos veréis una real vieja.
¡La patria! Qué dulce es para aquel hijo
que vuelve sin camisa ni calcetas,
sin embargo de que eran de Vizcaya
las que sacó en el día de su ausencia.

SABASTIÁN ¡Manolo!

MANOLO   ¡Sabastián! Dame los brazos,
y no extrañes, amigo, me sorprenda
de verte en un estado tan humilde,
¿Tú manejar esparto en vez de cuerdas
para asaltar balcones y cortinas?
¿Tú, que por las rendijas de las puertas
introducías la flexible mano,
la aplicas a labores tan groseras?
¿Qué es esto?

SABASTIÁN ¿Qué ha de ser? Que se ha trocado
tanto *Madril* por dentro y por *ajuera,*
que lo que por *ajuera* y por adentro
antes fué porquería, ya es limpieza.

MANOLO ¿Cómo?

SABASTIÁN Son cuentos largos; pero, amigo,
tú con tu gran talento considera

cómo está todo, cuando yo me he puesto
a sastre de serones y de esteras.

MANOLO Dime más novedades. ¿Y la Pacha,
la Alifonsa, la Ojazos y la Tuerta?

SABASTIÁN En San Fernando.

MANOLO Si sus vocaciones
han sido con fervor, ¡dichosas ellas!

SABASTIÁN No apetecieron ellas la clausura,
que allí las embocaron de por *juerza*.

MANOLO ¿Pues qué tirano padre les da estado
contra su voluntad a las doncellas?

SABASTIÁN Ya sabes que entre gentes conocidas
es la razón de estado quien gobierna.

MANOLO ¿Y nuestros camaradas el Zurdillo,
el Tiñoso, Braguillas y Pateta?

SABASTIÁN Todos fueron en tropa...

MANOLO *Dende* chicos
fueron muy inclinados a la guerra
y el día que se hallaban sin contrarios
jugaban a romperse las cabezas.

SABASTIÁN Permíteme que ganes las albricias
de tu llegada.

MANOLO Yo te doy licencia.

SABASTIÁN Pero no hay para qué, pues ya te han visto.

MANOLO ¡Cielos, dadme templanza y fortaleza!

La TÍA CHIRIPA **y los dichos.**

TÍA CHIRIPA	¡Manolillo!
MANOLO	¡Señora y madre mía! Dejad que imprima en la manaza bella el dulce beso de mi sucia boca. ¿Y mi padre?
TÍA CHIRIPA	Murió.
MANOLO	Sea norabuena. ¿Y mi tía la Roma?
TÍA CHIRIPA	En el *Hespicio*.
MANOLO	¿Y mi hermano?
TÍA CHIRIPA	En Orán.
MANOLO	¡Famosa tierra! ¿Y mi cuñada?
TÍA CHIRIPA	En las *Arrecogidas*
MANOLO	Hizo bien, que bastante anduvo suelta.

Escena VIII

Los dichos, el TÍO MATUTE **y la** REMILGADA**.**

TÍO
MATUTE y ¡Manolo, bien venido!
REMILGADA

MANOLO **(A la** TÍA CHIRIPA**.)**
¿Quién es éste
que tan serio me habla y se presenta?

TÍA
CHIRIPA Otro padre que yo te he prevenido,
porque con la *orfandá* no te afligieras.

MANOLO ¿Y qué destino tiene?

TÍO
MATUTE Tabernero.

(Con dignidad, MANOLO y su comparsa le hacen una profunda y expresiva reverencia.)

TÍA
CHIRIPA Y ésta, que es rama de la misma cepa,
es su hija y tu esposa.

REMILGADA ¡Yo fallezco!

TÍA
CHIRIPA Repárala qué aseada y qué compuesta.

MANOLO Ya veo que lo está.

TÍA
CHIRIPA ¿Vienes cansado?

MANOLO ¿De qué? Diez o doce años de miseria,

de grillos y de zurras son lo mismo
para mí que beberme una botella.

TÍO
MATUTE   ¿Cómo te ha ido en *presillo*?

MANOLO   Grandemente.

SABASTIÁN Cuenta de tu jornada y tus *probezas*
          el cómo, por menor o por arrobas.

MANOLO   Fue, señores, en fin, de esta manera.
          No refiero los méritos antiguos
          que me adquirieron en mi edad primera
          la común opinión; paso en silencio
          las pedradas que di, las faldriqueras
          que asalté y los pañuelos de tabaco
          con que llené mi casa de banderas,
          y voy, sin reparar en accidentes,
          a la sustancia de la dependencia.
          Dempués que del Palacio de Provincia
          en público salí con la cadena,
          rodeado del ejército de pillos,
          a ocupar de los moros las fronteras,
          en bien penosas y contadas marchas,
          sulcando ríos y pisando tierras,
          llegamos a Algeciras, *dende* donde,
          llenas de aire las tripas y las velas,
          del viento protegido y de las ondas,
          los muros saludé de la gran Ceuta.
          No bien pisé la arena de sus playas,
          cuando en tropel salió, si no en hileras,
          toda la guarnición a recibirnos
          con su gobernador en medio de ella.
          Encarose conmigo, y preguntome:
          «¿Quién eres?». Y al oír que mi respuesta

sólo fue: «Soy Manolo», dijo serio:
«Por tu fama conozco ya tus prendas».
Dende aquel mismo *istante*, en los diez años
no ha habido expedición en que no fuera
yo el primerito. ¡Qué servicios hice!
Yo levanté murallas, de la arena
limpié los fosos, amasé cal viva,
rompí mil picas, descubrí canteras,
y en las noches y ratos más ociosos
mataba mis contrarios treinta a treinta.

TÍO
MATUTE ¿Todos moros?

MANOLO *Nenguno* era cristiano,
pues que de sangre humana se alimentan.
En fin, de mis pequeños enemigos
vencida la porfía y la caterva,
me vuelvo a reposar al patrio suelo,
aunque, según el brío que me alienta,
poco me satisface esta jornada
y sólo juzgo que salí de Ceuta
para correr *dempués* las demás cortes,
Peñón, Orán, Melilla y *Aljucemas*.

SABASTIÁN Y entre tanto a las minas del azogue
puedes ir a pasar la primavera.

TÍO
MATUTE Habla a tu esposo.
  (A la REMILGADA.**)**

REMILGADA Gran señor, no quiero.

TÍO
MATUTE ¡Qué gracia, qué humildad y qué obediencia!

TÍA
CHIRIPA Ven, pues, a descansar.

Escena IX

La POTAJERA **y los dichos.**

POTAJERA Dios guarde a ustedes
y tú, Manolo, bien venido seas,
si vuelves a cumplirme la palabra.

MANOLO ¿De qué?

POTAJERA De esposo.

MANOLO Pues en vano esperas,
que tengo aborrecidas las esposas
dempués que conocí lo que sujetan.

POTAJERA Tú me debes...

MANOLO Al cabo de diez años,
¿quieres que yo me acuerde de mis deudas?

POTAJERA Mira que de paz vengo; no resistas
o apelaré al despique de la guerra,
pues a este fin mi ejército acampado
dejo ya en la vecina callejuela.

TÍO
MATUTE ¡Hola! ¿Qué es esto?

POTAJERA Es un asunto de honra.

TÍO
MATUTE ¡Cielos, qué escucho! Aquí de mi prudencia.
Haced vosotros gestos entretanto
que yo me pongo así como el que piensa.
(Pausa.)

MANOLO ¡Qué bella escena muda!

| TÍO MATUTE | Ya he resuelto
y voy a declararme. |

| TÍA CHIRIPA | Pues revienta. |

| TÍO MATUTE | Aquí hay cuatro intereses: el de mi hija,
el de Manolo, que a casarse llega,
el nuestro, que cargamos con hijastros,
y finalmente el de la Potajera,
que pretende que pague el que la debe,
y es justicia, con costas, *ecetéra*.
(Pausa.)
Manolo ha de casarse con mi hija.
(Resuelto.)
Este es mi gusto. |

REMILGADA ¡Cielos, qué sentencia!

| TÍO MATUTE | Conque es preciso hallar entre tu honra
y mi decreto alguna conveniencia. |

POTAJERA Mi honor valía más de cien ducados.

| TÍO MATUTE | Ya te contentarás con dos pesetas, |

POTAJERA No lo esperes.

| TÍO MATUTE | Pues busca quien le tase. |

POTAJERA Lo tasarán las uñas y las piedras.

Escena X

MEDIODIENTE y los mismos.

MEDIODIENTE Yo te vengo a servir de aventurero,
(A la POTAJERA**.)**
pues hoy quiere el destino que dependa
tu suerte de la mía.

POTAJERA Yo te estimo
la generosa, Mediodiente, oferta;
porque mientras yo embisto cara a cara,
tú por la retaguardia me defiendas.

MANOLO ¡Amigo Mediodiente!...

MEDIODIENTE No es mi amigo
quien del honor las leyes no respeta,
y sabré...

MANOLO ¿Qué sabrás? ¿Cómo a la vista
de este feroz ejército no tiemblas?
(Señala a los pillos.)

MEDIODIRENTE Nunca el pájaro grande retrocede
por ver los espantajos en la higuera.

POTAJERA Haz que toquen a marcha

SABASTIÁN Si nos vamos
todos a un tiempo se acabó la fiesta.

MEDIODIENTE Yo le ofrezco a tus pies rendido o muerto.

REMILGADA ¡Ay de mí!

TÍO
MATUTE ¿Qué es aquesto?

REMILGADA   Ya que llega
            a este extremo mi mal, no se malogre
            mi gusto por un poco de vergüenza,
            que sólo es aprensión, y sepan cuantos
            aquí se hallan que por ti estoy muerta
            y que te he de matar o he de matarme
            si vuelves a mirar la Potajera.

MEDIODIENTE   No lo creas, mi bien... Mas mi palabra
              empeñada está ya por defenderla.
              Aquí me llama amor, aquí mi gloria.
              ¿Dónde está mi valor?... Mas mi fineza,
              ¿adónde está también? ¡Oh, injustos hados,
              que de *afetos* contrarios me rodean!

MANOLO   **(Aparte.)**
           ¡Cómo exprime el cornudo las pasiones!

MEDIODIENTE   Pero, al fin, de este modo se resuelva.
              Lidiaré por la una y a la otra
              satisfaré *dempués*. ¡Al arma!

MANOLO   ¡Guerra!

POTAJERA   ¡Avanza, infantería, a las castañas!

MANOLO   Amigos, asaltemos la taberna;
           y a falta de clarines y tambores,
           hagan el son con la gaita gallega.

Los dichos; y al verso «Avanza, infantería», salen unos muchachos, que a pedradas derriban el puesto de castañas y andan a la rebatiña. MANOLO y los tunos entran en la taberna y suena ruido de vasos rotos. La CHIRIPA anda a patadas con los muchachos y luego se agarra con la POTAJERA. El TÍO MATUTE tiene a la REMILGADA desmayada en sus brazos. SABASTIÁN está bailando al son de la gaita; y luego salen, dándose de cachetes, MANOLO y MEDIODIENTE, y a su tiempo, cuando le da la navajada, se levantan las tres verduleras y van saliendo tunos y muchachos y forman un semicírculo, haciendo que lloran con sendos pañuelos.

MANOLO   ¡Ay de mí! ¡Muerto soy!

MEDIODIENTE Me alegro mucho.

REMILGADA Ya respirar podemos.

TÍA
CHIRIPA   ¿Quién se queja?

TÍO
MATUTE   No te asustes, no es más de que a tu hijo
le atravesaron la tetilla izquierda.

MANOLO Yo muero... No hay remedio. ¡Ah, madre
mía!
Aquesto fue mi sino... Las estrellas...
Yo debía morir en alto puesto,
según la *heroicidá* de mis empresas;
pero ¿qué hemos de hacer? No quiso el cielo.
Me moriré y *dempués* tendré *pacencia*.
Ya no veo los bultos..., aunque veo
las horribles visiones que me cercan.

¡Ah, tirano! ¡Ah, perjura! ¡Ay, madre mía!
Ya caigo..., ya me tengo... vaya de ésta.
(Cae.)

TÍA
CHIRIPA

¡Ay, hijo de mi vida! ¡Para esto
tantos años lloré tu triste ausencia!
¡Ojalá que murieses en la plaza,
que, al fin, era mejor que en la plazuela!
Pero aguarda, que voy a acompañarte
para servirte en lo que *te se* ofrezca.
¡Oh, Manolo, el mejor de los mortales!
¿Cómo sin ti es posible que viviera
tu triste madre? ¡Ay! ¡Allá va eso!
(Cae.)

TÍO
MATUTE

Aguárdate, mujer, y no te mueras...
Ya murió y yo también quiero morirme,
por no hacer duelo ni pagar *esequias*.
(Cae.)

REMILGADA ¡Ay, padre mío!

MEDIODIENTE Escúchame.

REMILGADA No puedo,
que me voy a morir a toda priesa.
(Cae.)

POTAJERA Y yo también, pues se murió Manolo,
a llamar al doctor me voy derecha
y a meterme en la cama bien mullida,
que me quiero morir con *convenencia*.

Escena XII

SABASTIÁN, MEDIODIENTE, las comparsas y los difuntos.

SABASTIÁN Nosotros ¿nos morimos o qué hacemos?

MEDIODIENTE Amigo, ¿es tragedia o no es tragedia?
Es preciso morir; y sólo deben
perdonarle la vida los poetas
al que tenga la cara más adusta
para decir la última sentencia.

SABASTIÁN Pues dila tú y haz cuenta que yo he muerto
de risa.

MEDIODIENTE Voy allá. ¿De qué aprovechan
todos vuestros afanes, jornaleros,
y pasar las semanas con miseria,
si *dempués* los domingos o los lunes
disipáis el jornal en la taberna?

(Cae el telón y se da fin.)